FRANÇOIS COPPÉE

L'ÉPAVE

POÈME

DIT PAR M. MOUNET-SULLY

à l'Assemblée Générale du 19 Mai 1880

DE

la Société Centrale de Sauvetage des Naufragés

PARIS

Au siége de la Société Centrale
de Sauvetage
DES NAUFRAGÉS
59, *rue de Grenelle*, 59

ALPHONSE LEMERRE

ÉDITEUR

27-31, *passage Choiseul*, 27-31

M D CCC LXXX

SOCIÉTÉ CENTRALE

DE

SAUVETAGE DES NAUFRAGÉS

Reconnue comme établissement d'utilité publique par decret du 17 novembre 1865.

PRÉSIDENTS D'HONNEUR

MM. le Ministre de la Marine et des Colonies.
le Ministre des Travaux publics.
le Ministre des finances.

PRÉSIDENT

M. le Vice-Amiral baron de LA RONCIÈRE LE NOURY, sénateur.

VICE-PRÉSIDENTS

S. Ém. le Cardinal de BONNECHOSE Archevêque de Rouen.
MM. le duc de CLERMONT-TONNERRE.
le marquis de MONTAIGNAC, Contre-Amiral, Sénateur,
Président du Comité.

MEMBRES DU CONSEIL D'ADMINISTRATION

MM.

AMBAUD, Conseiller d'Etat, Directeur général des Douanes.

AME, ancien Conseiller d'Etat, Directeur général des Douanes en retraite.

Le duc DE BASSANO.

BÉHIC, Président de la Compagnie des Messageries Maritimes.

BENOIT-CHAMPY, Avocat-Conseil de la marine.

Le marquis DE BÉTHISY.

B.-A. BLOCH, négociant, *Membre du Comité.*

DE BON, Commissaire général de la Marine en retraite.

BORDES, Négociant, Amateur.

CAULÉT DE LONGCHAMP, Chef de division au Ministère des Travaux publics.

DELARBRE, Conseiller d'Etat honoraire, Trésorier général des Invalides de la Marine, *Membre du Comité.*

DELMAS, Administrateur des Douanes en retraite.

Camille DORÉ. *Secrétaire du Comité.*

Le baron DUPERRÉ. Vice-Amiral

DUPUY DE LOME, Sénateur, Inspecteur général du génie maritime en retraite, membre de l'Institut.

FORQUENOT, Ingénieur des constructions navales en retraite

FRÉMY.

Le comte GREFFULHE.

JURIEN DE LA GRAVIÈRE, Vice-Amiral, membre de l'Institut.

LACOUR, Général d'artillerie de marine, *Membre du Comité.*

MM.

LEFERME, Ingénieur en chef des Ponts-et-Chaussées, Inspecteur général des Phares.

LEJEUNE, Contre-Amiral.

Le baron LARREY. Député. Membre de l'Institut, *Vice Président du Comité.*

LEFEBVRE, Contre-Amiral, ancien Conseiller d'Etat, *Membre du Comité.*

Alfred LE ROUX, Président de la Cie des Chemins de fer de l'Ouest.

Ferdinand de LESSEPS, Membre de l'Institut, Président du Conseil d'Administration de la Compagnie du Canal de Suez.

MEURAND, ancien Ministre plénipotentiaire. Directeur des Consulats et des affaires commerciales en retraite.

PARIS, Vice-Amiral, Membre de l'Institut.

Arthur PETITDIDIER, Armateur, Consul général du Nicaragua, *Membre du Comité.*

Le duc de POLIGNAC.

Amédée REVENAZ. Administrateur des Messageries maritimes, *Membre du Comité*

ROCHARD, Inspecteur général du Service de santé de la Marine.

SICHEL DE MEER-DERVOORT.

Le marquis de TURENNE.

TURQUET, Sous-Secrétaire d'Etat aux Beaux-Arts.

Le comte VANDAL, ancien Conseiller d'Etat et Directeur général des Postes.

Administrateur Délégué : M. Camille DORÉ.

Canot de Sauvetage de la *Société Centrale* allant au secours d'un navire naufragé.

FRANÇOIS COPPÉE

L'ÉPAVE

POÈME

DIT PAR M. MOUNET-SULLY

A l'Assemblée Générale du 19 Mai 1880

DE

la Société Centrale de Sauvetage des Naufragés

PARIS

Au siége de la Société Centrale
de Sauvetage
DES NAUFRAGÉS
59, *rue de Grenelle,* 59

ALPHONSE LEMERRE
ÉDITEUR
27-31, *passage Choiseul,* 27-31

M'D CCC LXXX

L'ÉPAVE

Devant la mer, assis au seuil de leur maison,
La veuve du marin et son jeune garçon
Sont en grand deuil. Hélas ! l'équinoxe d'automne
A fait d'affreux malheurs sur la côte bretonne ;
Et c'est pourquoi, rêveurs devant le ciel du soir,
Cette femme et son fils sont habillés de noir.
Ah ! dans ce lac paisible où, sous la brise fraîche,
Viennent de s'éloigner les fins bateaux de pêche
Dont les voiles, là-bas, blanchissent dans le ciel,
Nul ne reconnaîtrait cet Océan cruel
Qui, l'an dernier, pendant la grande marée haute,
En un jour, a broyé vingt barques sur la côte,

Et, parmi tant de deuils dont le pays est plein,
A navré cette femme et fait cet orphelin.

Le ciel peut être pur, la mer peut être belle,
La veuve du marin est sombre et se rappelle
L'effroyable tempête où son homme a péri.

— C'est aussi de sa faute, à mon pauvre mari,
Dit-elle en soupirant à son fils qui l'écoute,
Il faut porter secours aux malheureux, sans doute,
Et nul ne l'a plus fait que mon brave Mathieu.
Mais affronter ainsi la mort, c'est tenter Dieu !...
On n'avait jamais vu de pareille marée.
Ton père était chez nous ; sa barque était rentrée ;
Il disait, en mangeant sa soupe : Il faut qu'on soit
Maudit pour être en mer par ce vent de noroit !
Après diner, Mathieu prend sa pipe et l'allume
Et va fumer dehors, comme il avait coutume.
Là, malgré le gros temps, ils étaient quelques-uns
Qui regardaient sauter et mousser les embruns,
Quand, tout à coup, voilà que mon homme remarque,
Du côté des rochers Saint-Pierre, un trois-mâts barque..
Doux Jésus ! Ce ne fut pas long. En un clin d'œil
Le malheureux navire échoua sur l'écueil.
— Un canot ! dit Mathieu... J'étais épouvantée ;
Les autres lui montraient cette mer démontée·

Et la lame en fureur qui crachait des galets.
— Un canot! répétait ton père. Sauvons-les!
Un canot à la mer, ou nous sommes des lâches!
Le mien, si vous voulez; car aux plus rudes tâches
Il est bon; il ne craint ni le flot ni le vent,
Et je l'ai baptisé d'un beau nom : *En avant!*...
Ah! les hommes sont fous, mon Tiennot!...Ils partirent...
Et tous ont péri, tous... A l'heure où se retirent
Les vagues, tu m'as vue aller, tout cet hiver,
Chaque jour, aussi loin que va la basse mer.
Mais l'Océan qui meurt à mes pieds et les lave
N'a jamais rejeté la plus petite épave,
Pas plus du grand trois-mâts que du pauvre canot...
O mon mignon chéri! Pauvre petit Tiennot!
Ne va plus sur la mer... tu sais, j'ai ta promesse...
Monsieur le recteur t'aime et tu lui sers sa messe;
Il t'apprend l'écriture... Eh bien, c'est ton destin,
Tu deviendras un prêtre et parleras latin.
Et puis, loin de ces flots dont le bruit m'épouvante,
Quand tu seras curé, je serai ta servante.
Ne te fais pas marin!... D'ailleurs, tu m'as promis...

L'enfant se tait. Il songe à ses petits amis,
A ces gamins qu'il voit, dès que le matin brille
A bord d'une chaloupe, aller à la godille,
Tandis qu'il n'ose plus, le craintif orphelin,
Pousser un aviron ni nouer un grelin.

Il a promis, il veut obéir à sa mère.
Mais, lorsque le curé, refermant sa grammaire,
Lui dit : — Va-t-en jouer ! et qu'il est libre enfin,
Troussé jusqu'aux genoux et sur le sable fin
Marchant pieds nus, il court bien vite vers la grève,
Et le fils du marin cherche à tromper son rêve.
Mais sentir l'âpre vent souffler dans ses cheveux
Et l'eau froide monter sur ses mollets nerveux,
Voir au loin le gros coup de la lame mauvaise
Eclater en couvrant d'écume la falaise,
Remplir tout un panier de crevettes, chercher
Quelque hideux homard tapi sous un rocher,
Ou saisir le lançon dans sa fuite rapide,
Cela ne suffit pas à l'enfant intrépide.
Non, son ardent désir, c'est le bateau mouvant
Avec sa voile ronde et ses deux focs au vent
Et le lest de galets humides qui le charge,
C'est la course au lointain horizon, c'est le large
Avec sa forte houle et son grand souffle amer,
C'est l'ivresse d'aller sur cette vaste mer,
Dont le parfum le grise et le rhythme l'attire...
Et voilà de longs mois que dure ce martyre !

Mais le temps passe. Encore un équinoxe affreux!
Et les marins du port, un jour, causant entre eux,
Tout comme l'an dernier, sur la mer en délire,
Viennent de signaler un malheureux navire,

— Un brick, cette fois-ci, — qui touche le récif.
A chaque lame, il fait ce sursaut convulsif
Qu'on pourrait appeler le râle du naufrage.

— Un canot à la mer ! des hommes de courage !
Dit quelqu'un. Aucun d'eux n'a pu, certe, oublier
Les camarades morts de l'automne dernier.
Mais voilà qu'on entoure une barque et qu'on l'arme.
La mère de Tiennot est là, pleine d'alarme,
Elle étreint son garçon et lui redit tout bas :
— Tu sais, tu me l'as bien promis... tu n'iras pas !
Et, les yeux dilatés et se mordant la bouche,
L'enfant ne répond rien et regarde, farouche,
Les braves compagnons qui parent le bateau.
Tout à coup, une lourde et sombre masse d'eau
S'écroule avec fracas, couvrant tout de sa bave,
Et devant l'orphelin elle jette une épave,
Une planche pourrie et rongée où l'enfant
A déjà distingué ces deux mots : *En avant !*
L'Atlantique a tiré du fond de son repaire
Ce débris de bateau. C'est un ordre du père !
Les sauveteurs sont prêts ; ils poussent leur canot ;
Et s'arrachant des bras de sa mère, Tiennot
Saute auprès d'eux, saisit à la hâte une rame...
Et les voilà partis avec l'énorme lame !

Comme on les suit des yeux ! Hardi, là ! Comme ils vont !
Sainte Vierge ! voyez cette lame de fond...

Ils ont chaviré... Non, le canot se redresse...
Il va toucher, il touche au navire en détresse...
Il était temps, le brick se penche à faire peur...
Ils reviennent déjà !... Voilà des gens de cœur !
Qu'ils sont chargés, ils ont de l'eau jusqu'au bordage...
— Combien en avez-vous sauvé ? — Tout l'équipage !
— Hurrah ! — Vite ! jetez une corde... Aidez-nous...

Et, tandis que, joyeux, sautent sur les cailloux
Sauveteurs et sauvés, parmi l'écume amère,
Le brave enfant Tiennot dit à sa pauvre mère
Qui de ses bras brisés, l'entoure en sanglotant :

— Maman, ne gronde pas... Le père est si content !

Paris, le _____

Je soussigné, donne à la Société centrale de Sauvetage des Naufragés *la somme de* ▓▓▓▓▓▓▓▓▓▓▓▓▓▓▓▓▓▓▓▓▓▓▓▓▓ *à titre de Souscription annuelle,* *la somme de* ▓▓▓▓▓▓▓▓▓▓▓▓▓▓▓▓▓▓▓▓ *à titre de Donation,* *que je paierai contre la quittance qui me sera présentée par ladite Société.*

ADRESSE :   SIGNATURE :

A Monsieur le Président

de la SOCIÉTÉ CENTRALE DE SAUVETAGE DES NAUFRAGÉS

59 rue de Grenelle,

PARIS

La Société centrale de Sauvetage des Naufragés, fondée en 1865, a établi déjà 58 stations de canots de sauvetage et 377 postes de porte-amarres.

SERVICES RENDUS JUSQU'AU 1er MAI 1880

Nombres de personnes sauvées avec les engins de la Société 1.547

Nombre de navires sauvés avec les engins de la Société 129

Nombre de navires secourus avec les engins de la Société 296

Nombre de personnes sauvées par des actes de dévouement pour lesquels la Société centrale a décerné des récompenses 285

TOTAL DES NAVIRES SAUVÉS OU SECOURUS . . 425

TOTAL DES PERSONNES SAUVÉES 1.832

RÉCOMPENSES DÉCERNÉES

Médailles d'or 21

Médailles d'argent 104

Médailles de bronze 266

Diplômes d'honneur 417

PRIX D'ÉTABLISSEMENT
D'UNE STATION DE CANOT DE SAUVETAGE

Canot de sauvetage sur son chariot . . . . . 10,000 fr.

Maison-abri et accessoires divers . . . . . . 10,000 fr.

TOTAL . . . . 20,000 fr.

Paris. — Charles UNSINGER, imprimeur, 83, rue du Bac.

www.ingramcontent.com/pod-product-compliance
Lightning Source LLC
Chambersburg PA
CBHW061426170626
46811CB00005B/2149